La tour Eiffel en Égypte

Des romans à lire à deux, pour les premiers pas en lecture !

La collection Premières Lectures accompagne les enfants qui apprennent à lire. Chaque roman peut être lu à deux voix : l'enfant lit les bulles et un lecteur confirmé lit le reste de l'histoire.

Cette collection a trois niveaux :

JE DÉCHIFFRE les bulles peuvent être lues par l'enfant qui débute en lecture.

JE COMMENCE À LIRE les bulles peuvent être lues par l'enfant qui sait lire les mots simples.

JE LIS COMME UN GRAND les bulles peuvent être lues par l'enfant qui sait lire tous les mots.

Quand l'enfant sait lire seul, il peut lire les romans en entier, comme un grand !

Un concept original **+** des histoires simples **+** des sujets qui passionnent les enfants **+** des illustrations : **des romans parfaits pour débuter en lecture avec plaisir !**

Cette histoire a été testée par Francine Euli, enseignante, et des enfants de CP.

L'orthographe rectifiée, qui fait désormais référence dans les programmes scolaires, est appliquée dans cet ouvrage.

Loi n°49-956 du 16 juillet 1949 sur les publications destinées à la jeunesse, modifiée par la loi n° 2011-525 du 17 mai 2011.
ISBN : 978-2-09-257121-7

JE DÉCHIFFRE JE COMMENCE À LIRE JE LIS COMME UN GRAND

La tour Eiffel en Égypte

Texte de Mymi Doinet
Illustré par Mélanie Roubineau

Nathan

Ce soir, la tour Eiffel compte les astres pour s'endormir : une, deux, mille étoiles…

Soudain, la pyramide du Louvre l'appelle de l'autre côté de la Seine.

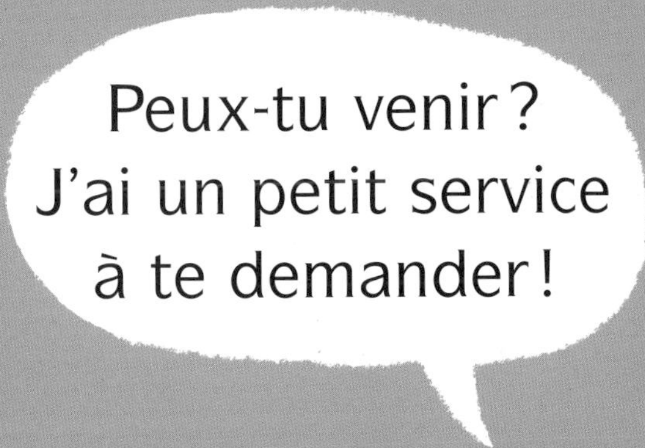

Veut-elle chanter en duo au clair de lune ?

Non ! La pyramide du Louvre rêve de rencontrer ses grandes sœurs en Égypte. Si la tour Eiffel lui indique le bon chemin, elles seront là-bas dès le petit matin. La belle d'acier est d'accord : les voyages, elle adore !

Cale-toi sur mon dos, et décollons aussitôt !

Il fait sombre. Difficile pour la tour de se repérer dans la nuit ! Pressée d'arriver, la pyramide de verre conseille son amie :

Oups ! Elles atterrissent en Alsace
sur le nid de Coline, la cigogne.
Celle-ci est en colère :

Puis Coline se radoucit : l'oiseau les invite à la suivre en Afrique, où elle va passer l'hiver. La cigogne et les deux monuments survolent la France, l'Italie et la Méditerranée. Le lendemain matin, l'Égypte est en vue avec son long fleuve.

Voici le Nil et ses crocodiles !
Merci, tu es notre boussole !

Cependant, quelle déception
pour la pyramide du Louvre !
À peine posée à terre, elle soupire :

La tour Eiffel la rassure : ses grandes sœurs doivent se cacher derrière.

Mais non ! Même Coline semble perdue.

Soudain, une tempête de sable aveugle les voyageuses. Seuls deux yeux brillent près des dattiers, ceux d'un fauve noir. Est-ce une panthère ?

Non ! Un gros chat. Il miaule :

Voilà un félin
bien malin !

Le chat conduit les voyageuses
vers son maitre, Séti. Bonne nouvelle !
Séti est guide à dos de dromadaire.
Mais son troupeau a soif.

Pendant que ses bêtes boivent, Séti se repose dans son hamac. La pyramide du Louvre n'en peut plus : il va falloir attendre !

Oh, la longue sieste… Quand la troupe reprend la route et suit Séti, c'est de nouveau le soir. Bientôt, trois triangles masquent le soleil couchant.

Quel bonheur ! La pyramide de verre est enfin face à ses sœurs.
Elle file à leur rencontre et chuchote, impressionnée :

Mais quelqu'un monte la garde...
C'est le Sphinx.
L'énorme statue à tête de lion
rugit si fort qu'elle réveille
tout le désert :

Roahhhhhh ! Je vous interdis de passer !

Les pyramides géantes lui ordonnent le silence : ces voyageuses ne sont pas dangereuses ! Émues de faire connaissance avec leur petite sœur qui brille comme un diamant, elles lui demandent :

Qui est la girafe d'acier qui marche à tes côtés ?
C'est la tour la plus vedette de la planète !

La pyramide de verre pose mille
et une questions à ses sœurs ainées.
Elles lui racontent alors
leur histoire : elles abritent
les momies des pharaons
et leurs précieux bijoux !

Chut! Ceci doit rester entre nous!
Nous savons garder les secrets!

Soudain, de la musique
retentit…

Ça alors ! Une jeune pharaonne
est là avec ses copains musiciens.
Séti rit : cette demoiselle, c'est sa fille,
déguisée en reine.

Ravis, les monuments dansent
jusqu'à minuit. Mais les voyageuses
doivent retourner à Paris.
Les touristes les attendent.
Elles reviendront, promis !

Ce matin, à sa place sur le Champs-de-Mars, la tour Eiffel bâille :

Ont-elles dormi ? Pas si sûr ! Coline bâtit son nid au sommet de la tour et chante :

Petite balade en Égypte

Les pyramides et leurs mystères

La pyramide de Khéops, l'une des plus grandes, mesure près de 140 mètres de hauteur. Elle semble cependant petite à côté de la tour Eiffel, haute de 324 mètres. Elles contiennent les trésors des pharaons et sont aussi leurs tombeaux.

Les pharaons, fils du soleil

Ces rois de l'Égypte antique étaient vénérés comme des dieux. Toutankhamon fut l'un des plus connus. Il y eut aussi des pharaonnes, telle Cléopâtre, qui fut reine à 17 ans.

Quand le pharaon devenait momie
Les Égyptiens étaient persuadés que les pharaons continuaient de vivre après leur mort. Voilà pourquoi ils les parfumaient et les enveloppaient de bandelettes pour que leur corps se conserve éternellement.

La pyramide du Louvre
Elle mesure moins de 22 mètres de hauteur, et est constituée de losanges et de triangles de verre. Elle date de 1989, alors que ses grandes sœurs ont plusieurs millénaires.

Bravo! Tu as lu un livre en entier !
Tu as aimé cette histoire ?

Retrouve d'autres aventures de la tour Eiffel !

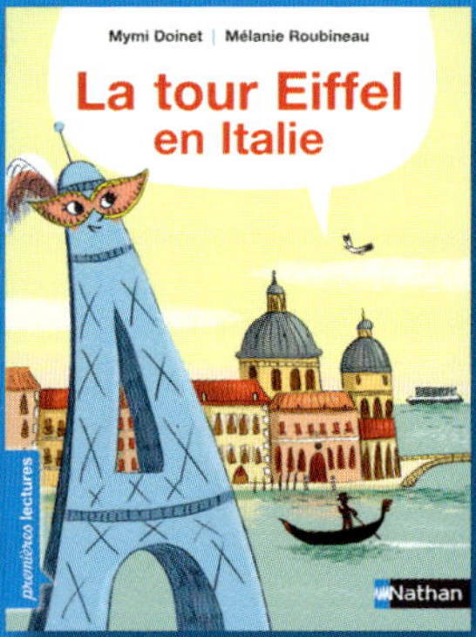

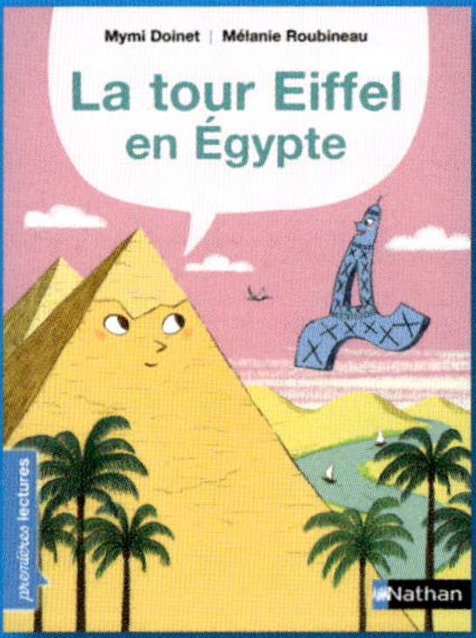

premières lectures

N° éditeur : 10226612 – Dépôt légal : avril 2017
Achevé d'imprimer en mars 2017 par Pollina - L80011
(85400 Luçon, Vendée, France)